家族との愛の詩集

おばあちゃんと　いっしょ

峰松晶子 詩集・畑 典子 絵

家族との愛の詩集

おばあちゃんと　いっしょ

もくじ

赤ちゃんが　生まれた

たかい　たかい

おばあちゃんと　いっしょ

ありがとうございます

赤ちゃんが　生まれた

四がつ二十五にち

うまれましたよ
うまれましたよ
おんなのこですよ

ベビーベッドにおかれて
ガラスごしに　しょたいめん

ちいさいね　ちいさいね
ちいさいね　ちいさいね
ねむっているね
こんにちは
こんにちは

かんごしさんが
りょうあしの　うらに
ふといマジックで

ミネマツ

ミネマツ
と
みょうじを　かいた
ミネマツユイカの　じんせいが
いま　スタートした

あるいたよ

ゆいちゃんが　あるいたよ
りょうてを　まえに　のばして
ママのほうに　むかって
あるいた　あるいた
ちいさい　あんよが
ふらふらしている

もう　一ぽ　もう　一ぽ
ゆいちゃんが　あるいたよ
ママに　むかって
ママも　りょうてを　ひろげて
ここまで
おいで

ころばないで

へやじゅうを
はしりまわる　ほそいあし
いまにも　ころびそうで　ころばない
あぶない　あぶない
はしらないで
おばあちゃんの　こえが　おっかける

やっと　とまった

こつん　ふすまに　ぶつかった
わあーん　おおきな　こえ
おおつぶの　なみだが　あふれている

だいじょうぶよ
ママに　だっこされて　えがおに　なった
また　はしりはじめる
ころびそうで　ころばない
ゆいちゃんの　ほそいあんよ
ころばないで　ころばないで
おばあちゃんの　こえが　ついていく

きょうの　ほうこく

きょうはね
みんなが　やっと　おひるねして
十ぷんぐらい　たつと
ゆいちゃんが
すっごく　おおきな　こえで
きゅうに　なきだしたの
すると
みんなも　めを　さまして

おおきな　こえで　なきだしてね

ほいくえんの　せんせいが
そのひに　あったことを
ママに　ほうこく

ママは
おばあちゃんに　ほうこく
おばあちゃんは　おじいちゃんに　ほうこく

あしたは
どんなほうこくが　はいるかな

あべこべ

おばあちゃん
おててを　つないで　あるきましょう
まんなかは　くるまが　とおるから
はしっこを　とおりましょう
ゆっくりね
あわてないでね

二さいはんの　ゆいちゃんが
おばあちゃんの　てを　つないでくれる

そのことば
すこしまえまでは
おばあちゃんが　ゆいちゃんに　いっていた
いつのまにか
あべこべに　なったね

きを　つけて
はしっこを　あるきましょう

なふだ

三がつ二十八にち　げつようび
きょうから　しんきゅうして
ビーナスクラスに　なった
ひだりうでに
きいろの　はなびらの　なふだが
ひかっている

せんせい　せんせい
と
ちいさな　ひとさしゆびで
なふだを　さして
せんせいが　つけてくれたと
おしえて　くれる

おめでとう
あしたも　げんきで
せんせいに　あいに　いこうね
せんせいが　まっているよ

はんぶんこ

ゆいちゃんと
はんぶんこ　しましょう
ちいさい　おゆびが
みかんを
おくちに　はこぶ

はんぶんこ

はんぶんこ

おぼえた　ことば
はんぶんこずつ　たべて
えがおが　ひろがる
みかんの　かおりと
いっしょに　なって

おばけ

よるの　二かいは　まっくろ
かいだんを
あがって　みたいけど
ひとりで　いくのは
こわいゆいちゃん

おばけが　すんでいるの

と
おばあちゃんに　たずねる

ううん
おばけは　いないよ

でも　くらい　二かいが
すごく　きになる

おばけは　こわい
おばけは　どんなかお

おばけも　かぜを　ひくの
おばけを　みてみたい
だけど　こわい

おばあちゃん　お二かいに　あがって
おばけを　ちょっと
みてきて　ちょうだい

ただいま

ママの　おしごと　おわったの
うん　おわったよ　ありがとうね
さあ　いっしょに　かえりましょう
はーい
ゆいちゃんは
ジャンパーと　カバンをもって
ほいくえんから　でてきました

きょうも　おひるねしていませんよ
せんせいが
そっと　おしえてくれた

ママが　こぐ　じてんしゃ
だっこひものなかで
ママの　かおを　みながら
うっとり　こっくり
おそい　おひるねタイム

また　あした

ゆいちゃん
かえりますよ

ママが　よびかけると
おもちゃを　かごに　かたずけて
おばあちゃんと　おててを　つないで
げんかんに　いきます

ちいさな　しろいくつを　はいて
また　あしたね
ハイタッチして
じてんしゃの　まえに　のります

ゆいちゃんの
あたたかい　ての　ぬくもりが
おばあちゃんの　てに　のこっています
みえなくなるまで
うしろすがたを　みています

スリッパ

げんかんに　はいると
おばあちゃん　どうぞ
と
ゆいちゃんが
スリッパを　そろえてくれた

ちいさい　おててが

スリッパを　そろえて
どうぞ　と　してくれる

ありがとう

どこで　おぼえたのか
さゆう　ならんで
うれしい
スリッパ
おむかえしてくれる

おしらせ

あのね
ゆいか　おおきな　びょういんに　いくから
きょうは　ママが　はやくおむかえにくるの

あちらでも
こちらでも
おともだちに

おしらせを　している
おひるから　おやすみするのよ

ゆいかのママは　まいにち
おしごとが　おそくまであるから
おむかえが　おそくなる
ごめんね　といって　はしってくる
おともだちを　みおくってばかり

あのね　きょうは
ママがはやく　おむかえにきてくれるのよ

スキップ

みて　みて　みて
スキップ　スキップ　スキップ

こしに　てをおいて
はしから　はしに
スキップ　スキップ　スキップ

ころばないでね
ゆっくりね
と　ママが　はくしゅ

スピードアップして
スキップ　スキップ　スキップ
あたらしく　できることを
ひとつずつ　おぼえていく

たかい　たかい

おたんじょうび

はつまごが　たんじょうしました
三一一六グラム　四十九センチ　おとこ
シャメールが　とどきました
ねむっています

むすめは
ショートケーキを　かってきました

おじいちゃん　おばあちゃんになって
おめでとう
イチゴクリームが　とても　あまく
とくべつ　おいしいケーキでした

おおきな　おくち

パパが　おくちを
おおきく　ぱっと　あけると
はるやくんも
おおきく　あけて
パパを　みあげている

ママが

そのチャンスを
シャメールに　おさめる

くちを　おおきく　あけた
パパと　はるやくん

こんにちは
かぞくと　なって
きょうで　ひゃくにちめ

てじな

はながらのスカーフを
パッとひろげて

てじなをする
みかんが　一こ
はいっ　とスカーフをとると
きえている
はるやくんは　みかんをさがす

スカーフの　なかにも
テーブルのしたにもない
スカーフを　ひろげて
はいっ
みかんが　一こある

おもしろくて　ふしぎで
なんかいもやってみる

つぎは　ママをけしてよ
きょうは　しかられてばかり

ママは　おもたくて
むりです
あたまをかいて
ごめんなさい

ママは　はるやくんを
おひざにおいて
ぎゅぎゅっと
だきしめました

みおくり

ようちえんに　かよいはじめて
いつかめ
きょうも
ママと　わかれるのが　かなしくて
なきはじめた

バスが　つくと
みぎがわ　まえから　にばんめの
ざせきに　すわって
ママを　みて　ないている

じぶんの　ざせきを　おぼえている

ママも　なみだをためて
てを　ふっている

たかい　たかい

パパが
だっこして
そらに　むかって
だきあげると
キャッキャッ　と
こえを　あげて　おおよろこび

ちいさな　ひとさしゆびを

まっすぐ　たてて
おおよろこび
おはなしは　できないけれど
こころは　つうじる

ようし　もう一かいだね
パパは　はるやちゃんを　だっこして
もう一かい　もう一かいを　くりかえす
もう一かいは　なんかい　つづいて
いくのかな

たおれる

はるやくんは
てを　ピストルの　かたにして
バキューンと　うつと
おじいちゃんも
おばあちゃんも
まわりの　ひとたちは
あれー

やられた
と　たおれる
よこに　たおれたり
まえに　たおれたり
つづいて　うってくる

ママが　おおきく
バキューン　とうつと
あれー　と　よこにころんだ
すごい
たおれることも　できたのね

あに　と　おとうと

さあ　かえりましょ
ママが　いうと
一さい二かげつの　おとうとは
おにいちゃんに　ジャンパーを　もってきた

えらいね
よくわかるのね
おばあちゃんは　びっくり

三さいの　おにいちゃんの　まねをして
テレビのきょくに
あわせておどっている
うしろに　ずっとついている

四とうしょう

ともだちと
おしゃべりしながら　かえってきたら
となりの　おばあちゃんが
おかえり　と
こえを　かけてくれた

ただいま
はじめての　うんどうかい
四とうだったよ　と

げんきに　ほうこくをした

ママが
四にんで　はしったのよ
ちいさいこえで　ささやいた

おばあちゃんは
さいごまで　がんばったのね
えらい　えらい
にこにこ
あたまを
なでて　くれた

おにいちゃん

おばあちゃんの　いえで
だいすきな　ミニおもちゃの
でんしゃをつないで　あそびました

よる
パパが　おむかえにきました
「ありがとう

また　あしたね」

二さい六かげつの　はるやくん
きょうも　びょういんで
ママと　あかちゃんに　あってきた

あかちゃんは　ないていたよ
かえるとき　ぼくは　なかなかったよ
ママが　ほめてくれたよ
おはなしをしながら　かえります
おててを　しっかりつないで

でんしゃの　ミニおもちゃを　いれた
あかいちいさなカバンを
だいじにもって
かえります

「かぜを　ひかないようにね
　おにいちゃん」

おばあちゃんが
ふたりの　うしろすがたを
みおくっています

おつきさまは
しずかに　ほほえんで　みています

おばあちゃんと
いっしょ

ノックする

おばあちゃんの　おへやの
ドアを
トントン
ノックする

はい
どうぞ

やすしくんは
そっと　ドアをあける
おばあちゃんが
あみものをしている

また　ドアをしめて　すこしすると
トントン
ノックする

はい
どうぞ

そこに
おばあちゃんの
えがおが　あるのが
うれしい
へんじを　してくれるのが
うれしい

はくばい

きのう　いちりん　さきはじめた
うめのはな
きょうは　さんりん　さいている
そこに
おひさまが　とまって
まぶしく　ひかる

きょうも
おばあちゃんに　おしえてあげよう
あのね
きょうは　さんりんの
おはなが　さいたよ
あかちゃんみたいに
ちいさな　はななの
あした　また
いくつさいたか
おでんわするから　まっててね

ホットケーキ　の　つき

おばあちゃんと
ホットケーキを　やいた

くるくるまぜて
さあ
まるく　まるく　やきましょう

となりの　おばあちゃんにも
いちまい　おすそわけ

おるすばんを　している
おともだちも　いっしょに　たべた

よるは　まんげつ
おばあちゃんと　やいた
ホットケーキに　みえた

おばあちゃん　ただいま

きんじょの　おばあちゃんが
おひっこしをした

おともだちに　なったころは
いぬと　ねこがいた
がっこうの　かえりは
「おかえり」「たのしかった」
いえのまえで　こえをかけてくれた

おじいちゃんが　いなくなり
いぬと　ねこも　いなくなった
ひとりぐらしになった
むすこさんの　いえにいった

ゆうびんうけが　なくなっている
そだてていた　おはなも
うえきばちも　ない

ちいさなこえで
「おばあちゃん　ただいま」
よんでみた

コンクリートの　きれつから
ざっそうが　のびていた

クラスかい

おばあちゃんの
ケイタイが　なった

もしもし
ひさしぶりね
おげんきで　なによりね
あしこしが　いたくてね
うん　うん
そうなんよ

びょうきに　まけて　おられんね
らいねんは　こきの　クラスかい
いくよ　たのしんでいるよ

ふるさとの　ともだちからだ
だんだんと
ふるさとべんに　なってきて
こどもの　ころの　おばあちゃんが
はなしを　している
おおきなこえで
わらいながら
はなしを　している

なくなった　まちの　びょういん

ちょうないに　ひとつあった
ないかいいいんが　とりこわされた
おじいちゃんも　おばあちゃんも
せんせいの　くすりが　よくきくといって
みてもらっていた
かんじゃさんが　まちあいしつに
あふれていた

せんせいも
おじいちゃんも　おばあちゃんも
たびだって　しまった
あきちに
ねこが　二ひききて
ひなたぼっこ
なにごとも　なかったように
せなかを　まるくして

たんぽぽが
三りん　ほっこり　さいている

かぞくしゃしん

プリントできたばかりの
かぞくしゃしん
うしろに　たって　ならんでいるのは
おとなたち
まえで　イスにすわって　ならんでいるのは
こどもたち

おばあちゃんは　どこかな
と　いうと

二さいの　ちいさいてが
おばあちゃんを　ゆびさす
おじいちゃんは
パパは
ママは

おはなしは　できないけれど
ちいさな　ゆびが　あてている

あてられて
にこにこ　している
かぞくたちです

おかえり

「おかえり」と　むかえてくれる
おばあちゃんの　えがおを　みると
ぼくは　ゆうきがわいてくる

にちようび
びょういんへ　つれていってもらった
「おばあちゃん　こんにちは」

というと
「きてくれたの　ありがとう
もうすぐ　たいいんするからね」

びょうきが　なおって
ただいま
と　かえってきたら
おかえり
と　おおきなこえで
ぼくが　おむかえするからね
まっているよ

ありがとうございます

ありがとうございます

めが　さめた
ここは　どこですか
しゅうちゅうちりょうしつですよ
いしと　かんごしさんが
とびまわっている

ひとつずつ　ていねいに
やすまず　うごいている

いしの　しじが
つぎからつぎへと　とんでいる
かんごしさんは
「はい　しました」
いしは「ありがとうございます」
はきはきとしたこえが　とびかう

なんにち　ねむっていたのか
だいしゅじゅつの　あと
ありがとうございます　のなかで
いきていた

でんわ

ナースステーションの　まえ
みどりの　でんわから
おじいちゃんが
てんてきぼうを　ついて
はなしを　している

ひさしぶりやなぁ
ことしは　とくべつ　あついな

げんきか
わたしも　げんきや
おぼんすぎたら
おいでよ
ひさしぶりに　はなしをしようよ
まってるよ

げんきな　こえで
にこにこと

てんじんまつりの　ようすを
テレビが　ちゅうけいしている

ねじりはちまき

まるぼうずあたまに
まめしぼりの
ねじりはちまきをして
かんじゃさんが
てんてきぼうを　おして
あるいている

おまつりが　だいすき
おまつりに　まにあうように
はやく　げんきになりたい
おなじ　びょうしつの　かんじゃさんも
ほうたいを　はちまきにして
てんてきぼうを　おしている

ワッショイ　ワッショイ
だいすきな
なつまつりが　まっている

たいこ

ドンドコ　ドン
ドンドコ　ドン
ドンドンドン

びょうしつに
たいこのおとが　ひびく
なつまつり

ドンドコ　ドン
ドンドコ　ドン
ドンドンドン

ちいさなしまの　ふるさとの
たいこが　おもいだされる

はっぴをきた　おじさんたちの
たいこの　うしろに
わたしたち　こどもは

ついて　ねりあるいた

いま
五かいの　びょうしつまで
たいこの　おとが
とどく

ガンバレ　ガンバレ
はるか　ふるさとからの
おとに　きこえた

ざっそうの　ね

こうえんの　ジャングルジムの　した
ブランコの　した
すべりだいの　のぼりぐち
なつの　たいようの　した
ざっそうが　いきおいよく
ねを　はっていく
グングン　スピードをあげて　ふえていく

ジリジリ　たいようが　てりつける

おーい　ざっそう
ここは　ぼくらこどもの　あそびばだ
こちらにくるな
あっちへ　のびろ

しらんかおして　ねを　はっていく
ふんでも　ふんでも　こたえない
はっぱを　きられても
ねっこが　いっぱいのびて　ひろがる

さみどり

こうえんの　ろうぼくが
みじかく　せんていされた
こどもたちが　まわりを　はしって
あそんでいる

はるが　くると
ちいさな　しんめが　かおをだした

さみどりいろ
どこから　こんないろが
うまれてくるのか
ねっこに
すごいてじなが　かくされているのか

さわっちゃ　だめだよ
と
こどもたちの　しんめを　いたわる
こえが　きこえた

むしの　がっしょう

マンションの　十かい
ベランダに　でると
むしの　こえが　きこえる
せまい
あきちの　ざっそうの　なかから　とどく
みかづきの　おつきさまも

しずかに　きいて　いらっしゃる

ほそく　ちいさく
はっきりした　むしのねが
十かいまで
ひびいている

あかり

ひとりぐらしの
おばあちゃんの　だいどころ
あかりが　ほのかに　ともっている

おじいちゃんは　にゅういんして
それでも
あかるいいえがおの　おばあちゃん

おひるは
こんにちは
よいおてんきね
かぜを　ひかないでね
えがおで　こえを　かけてくれる
まえを　とおるのがたのしみ

まんまるい　おつきさまも
あかりが　ともっている
ゆうごはんを　たべたのかな

タクト

ゆうがたの　こうえん
さくらのみきで　がっしょうしているのは
ツクツクボウシ
ツクツクボウシ
なつが　おわりますよ

きのうまでは
あぶらゼミが
ジンジン　がっしょうしていた
うたうじゅんばんが
どうしてわかるの

はるか　そらのかなたから
おおきく　タクトをふっているのは
だれでしょう

あくしゅ

おしゃれな　おばあちゃんは
きに　いらないことが　あると
もう　おそい
もう　おそい
おおごえでいう

わかいヘルパーさんが

にこにこ　やってきて
ごめんね　ごめんね
あくしゅを　しましょう
と　みぎてを　だして
ひだりてで　せなかを　なでている

そして　きょうあった　たのしいことを
わらいながら　はなす
まわりの　ひとたちも
わらって　きいている

もう　もう
ごめんね　ごめんね
おばあちゃんの　きげんが
やっとなおった

しょくぶつ

きんじょの　おばあちゃんが
とおくへ　いってしまった
おはなの　ていれを　するひとが
いなくなった

でも
きんもくせいが　さきはじめて

かおりを　ひろげている
ゼラニュウム
ピンクのきくも　さきはじめている
オキザリソウ
きいろのミニバラ
ベコニア
もみじが　あかく　そまっていく
いっぱい　はなが　さいた
おばあちゃんは　おはなの　なかで
いきている

ばんそうしゃ

いえの　しゅうりをしている
きんじょの　おじいちゃん

ひとりで
なんでも　やってしまう
でんきしごとや　だいくしごと
すいどうもれも

いっぱつで　なおしている

どうぐばこは
ふるいどうぐが　いっぱいならんでいる
なんじゅうねんも　いっしょに
しごとを　ささえてきた　ばんそうしゃ

おじいちゃんの　しごとは
みんなに　よろこばれている
でばんは　いつでも　ＯＫ

しごとの　おと

トントントン
トーン　トーン　トーン
パチ　パチ　パチ
カン　カン　カーン

あさから　ひびいてくる
あたらしく　いえを　たてている
だいくさんたちの
しごとの　おと

たてものは　グルリと
めかくしを　しているから
なかは　みえない

どんな　いえが　できるかな
どんな　ひとたちが　すむのかな

トントントン
トーン　トーン　トーン
パチ　パチ　パチ
カン　カン　カーン

てんきよほう

ゆうかんを　はいたつする
おじいさんが　いそいでいる
きゅうに　まわりが　くらくなって
あめが　ふりそう
もうすぐ　ふるって
よほうが　あったんです

そらを　みあげると

くろいくもが
いきおいよく　ひろがっていく

たっきゅうびんの　はいたつの
おにいちゃんも
こにもつを　かかえて
はしって　いく

つゆぞらよ
もうすこし　まってあげて
あめを　ふらすのは

ひょうさつ

まいあさ
おさんぽしている　おじいちゃん
「おはようございます」
ごあいさつすると
「みねまつさんは　おはながすきなんですね」
「みずを　あげているだけですよ」
なんじゅうねんかぶりに

きゅうせいで　よばれた

おさんぽしながら
ひょうさつを　みていたのですね
みねまつは　きゅうせい
でも　すこし
せいしゅんじだいに
かえったきもちがした

いきる

おじいちゃんの　びょうしつは
じゅうびょうの　ひとが　おおい
しゅじゅつを　くりかえしているひともいる

かぞくさんたちは
まいにち　おみまいにくる

まけるな　まけるな
だいじょうぶ　と

となりの　かんじゃさんから
おおきな　ためいきが　ひとつきこえた

げんきを　だしてね
おじいちゃんに
ちいさいこえで　いった
わかっているよ
と　ほほえんで　うなずいた

いりぐちの　ベッドの
かんじゃさんの　おくさんは
おけしょうをして
ほこうきに　つかまってきた

はげまされているのは
ぼくだった

こんにちは

おじいちゃんは
おげんきですか

うえきに　みずを　あげていると
シルバーカーを　おした
おじいちゃんが
たずねてくれた

ちちを　しってくれているのですか

ありがとうございます
あちらにいって　三ねんが　たちました

そうですか
デイサービスで
はなしを　させて　もらっていたんですよ

それから
おじいちゃんと　あうと
こんにちは
と
あいさつが　はじまった

あり

くるまイスに　のっている
おじいちゃんと
おかあさんと　ぼくと
三にんで
こうえんに　さんぽにいった

さあ　あるきましょう
くるまイスから　おりて
つえを　ついて
一ぽ一ぽ　あるく

ぼくは　うしろから　ついていく

おじいちゃんが　とまった
「ありが　ぎょうれつを　しているよ
とおまわりして　いこう」

一ぽんの　せんになって
ありの　ぎょうれつが　つづいている
おじいちゃんは
こかげの　ベンチまで
ゆっくり　ゆっくり
あるいていきました

ほうげん

ひいおじいちゃんと
ひろしまべんで　はなしをしていたけど
とおいひとに　なってしまって
ひろしまべんを　つかわなくなってしまった

てごうしようけえ
だんない　だんない
いそぎんさんな
こうろくに　いこうけえ

むりを　しなんな
せわを　かけて　すまんのう

ひいおじいちゃんが
はなししていた　ことばを
そっと　くちのなかで
くりかえしていたら

ふと
ひいおじいちゃんの　こえがした

「げんきかな」

やさしく温かい精神から薫り出た詩情

家族との愛の詩集『おばあちゃんと　いっしょ』に寄せる

詩人　野呂《のろ》　昶《さかん》

このたびの詩集は、詩人の六冊目の詩集です。今までの詩集もそうでしたが、周囲の自然や生活を確かな目で、しっかりと見つめ、その中からいきいきとした感動をすくい上げ詩に表現されています。

ここ数年ご自身は病気で病院への入退院を繰り返し、しかもご夫君までも入院、そんな中で生まれた詩集です。私は作品を読みながら、いく度か涙があふれ出、さきを読みつづけることができませんでした。

なんという温かでやさしい思いのこもった詩集でしょうか。作品の一編一編から詩人のやさしさ、誠実さ、真摯な生きざまが薫りたってきます。

作品「あるいたよ」を見てみましょう。

ゆいちゃんが　あるいたよ
りょうてを　まえに　のばして
ママのほうに　むかって
あるいた　あるいた
ちいさい　あんよが
ふらふらしている

もう　一ぽ　もう　一ぽ
ゆいちゃんが　あるいたよ
ママに　むかって
ママも　りょうてを　ひろげて
ここまで
おいで

お孫さんのゆいちゃんが、はじめて歩いた日のようすを描いた作品です。ママに向かって、「一ぽ　一ぽ」「あるいた」「あるいた」ゆいちゃんの真剣なようす、その姿を見つめる詩人やママの慈愛に充ちたまなざしが、目に見えるように描かれています。「ちいさい　あんよが／ふらふらしている」「もう　一ぽ　もう　一ぽ」。

赤ちゃんが立ち上がって、はじめて歩いた日の感動は、赤ちゃんにとっても、それを見つめる家族にとっても大きく、よろこびそのものです。それを、短い言葉で、よろこびのリズムをともなって、いきいきと表現した詩人の造形感覚は秀逸です。

あべこべ

おばあちゃん
おててを　つないで　あるきましょう
まんなかは　くるまが　とおるから
はしっこを　とおりましょう
ゆっくりね
あわてないでね

二さいはんの　ゆいちゃんが
おばあちゃんの　てを　つないでくれる

そのことば
すこしまえまでは
おばあちゃんが　ゆいちゃんに　いっていた
いつのまにか
あべこべに　なったね

きを　つけて
はしっこを　あるきましょう

なんとほほえましい作品でしょうか。おばあちゃんは、詩人その人ですが、いつのまにか、二才半のゆいちゃんは、少し前までのおばあちゃんの役割をしているのです。「おばあちゃん／おててを　つないで　あるきましょう」ゆいちゃんの小さなおててが見えるようです。

ノックする

おばあちゃんの　おへやの
ドアを
トントン
ノックする

はい

どうぞ

やすしくんは
そっと　ドアをあける
おばあちゃんが
あみものをしている

また　ドアをしめて　すこしすると
トントン
ノックする

はい
どうぞ

そこに
おばあちゃんの
えがおが　あるのが

うれしい
へんじを　してくれるのが
うれしい

おばあちゃんと幼児とのなにげない日常の生活のようすを描いた作品です。二人の間の信頼や愛情の気持ちが、ほほえみをともなって伝わってくる、すぐれた作品です。ドアを「トントン」「はい　どうぞ」それだけで、大きな安心、よろこび、「おばあちゃん　だいすき」「おばあちゃんもよ」そんな言葉が聞こえてきそうです。

ありがとうございます

めが　さめた
ここは　どこですか
しゅうちゅうちりょうしつですよ
いしと　かんごしさんが
とびまわっている

ひとつずつ　ていねいに
やすまず　うごいている
いしの　しじが
つぎからつぎへと　とんでいる
かんごしさんは
「はい　しました」
いしは「ありがとうございます」
はきはきとしたこえが　とびかう

なんにち　ねむっていたのか
だいしゅじゅつの　あと
ありがとうございます　のなかで
いきていた

詩人はここ数年、心臓の手術をくりかえしているとお聞きしていますが、この作品は、その手術後の作品なのでしょう。医師と看護師さんが忙しくとびまわっている病院、その中で交わされている言葉「――をしてくれましたか」「はい　しました」「ありがとうございます」、なんと清新な言葉でしょう。
この医師の「ありがとうございます」の言葉は、そのまま病床の詩人の言葉なのでしょう。私は今のところ医院とは、あまり縁がありませんが、この短い作品の中で、病院のようすがありありと気迫をともなって描かれていて、心打たれました。

たいこ

ドンドコ　ドン
ドンドコ　ドン
ドンドンドン

びょうしつに
たいこのおとが　ひびく
なつまつり

ドンドコ　ドン
ドンドコ　ドン
ドンドンドン

ちいさなしまの　ふるさとの
たいこが　おもいだされる

はっぴをきた　おじさんたちの
たいこの　うしろに
わたしたち　こどもは
ついて　ねりあるいた

いま
五かいの　びょうしつまで
たいこの　おとが
とどく

ガンバレ　ガンバレ
はるか　ふるさとからの
おとに　きこえた

病室に聞こえてくる、お祭り太鼓の音。その音にはるか子どものころに聞いた郷里（尾道市因島）のお祭りの太鼓の音を重ねて聞いているのです。生と死の間をいく度もさまよいながら、詩人の作品は、どこまでも明るくさわやかです。それは生来の謙虚で誠実なお人柄からきているのでしょう。詩人はまた太鼓の音に、生まれ育った郷里からの声援を聞いているのです（「早く治りなさい」）。「ガンバレ」「ガンバレ」、私もまた（「早く良くなってください」）「ガンバレ」「ガンバレ」、声をかけないではいられません。

作品は一編一編、いのちそのもの。七十年近くにわたり、美と真実を求めつづけられた詩人のいのちの結晶と言えるでしょう。この詩集が多くの詩を愛する人々に読まれて、感動を共有できることを祈っています。

二〇一九年一月二八日

あとがき

10年前に故郷の広島県尾道市因島重井町で還暦のクラス会がありました。なつかしい楽しいひとときでした。帰阪して、少しして心臓の病がもとで入退院の生活が始まりました。さらに5年後、大手術をしました。行動範囲も友好範囲も小さくさせまくなりました。

現在の町に住んで半世紀がすぎました。出会う人たちはシルバーカーをおしていたり、杖をついていたりですが、若い頃の面かげを感じます。

黄色い帽子をかぶって通学する小学生たちは、とてもかわいく元気です。幼稚園の送迎バスからも笑顔から、明るい声がひびいています。町の様子も変わりました。

この町に住んで出会った自然の風景や花や木や人との出会いが、詩を書かせてくれました。いろんな事があって、私自身が生かされてきたこと、支えていただいたことに、感謝をしています。

第二のふるさと、この町で出会った人たち、両親、家族、友人、知人、全ての人に真心をこめてこの詩集を捧げたいと思います。

出版にさいしましては、詩人の野呂昶先生に大変お世話になりました。ありがとうございました。

出版をこころよく引き受けてくださいました竹林館社主の左子真由美さま、ありがとうございました。

美しい絵を描いてくださいました畑典子先生、ありがとうございました。

白ゆりが美しく咲いた日に

峰松晶子

詩・峰松晶子（みねまつ　あきこ）

広島県尾道市因島重井町に生まれる。本名梅原晶子。峰松は旧姓。

著書　詩集『みかとわたし』『みんなあかちゃんだった』
『さかだちとんぼ』『おばあちゃんのことば』
『きばなコスモスの道』
㈳日本児童文学者協会会員

住所：〒533-0031　大阪市東淀川区西淡路3-4-7

*

絵・畑　典子（はた　のりこ）

東京生まれ。セツモードセミナー卒業後、フリーのイラストレーターになる。広告のイラスト、カレンダー、キャラクターデザイン、雑誌のイラスト、教科書・児童書などのイラストを手掛けている。

家族との愛の詩集
おばあちゃんと　いっしょ

2019年5月3日　第1刷発行
著　者　峰松晶子
発行人　左子真由美
発行所　㈱竹林館
〒530-0044　大阪市北区東天満2-9-4　千代田ビル東館7階FG
Tel　06-4801-6111　Fax　06-4801-6112
郵便振替　00980-9-44593　URL http://www.chikurinkan.co.jp
印刷・製本　モリモト印刷株式会社
〒162-0813 東京都新宿区東五軒町3-19

ISBN978-4-86000-408-8　C0092